Retrouvez l'album filmé *Le voyage d'Oregon*
en DVD chez votre libraire ou en VoD sur edl.li/vod

LES ALBUMS FILMÉS,
la nouvelle collection de *l'école des loisirs*
pour découvrir ou redécouvrir sur écran
les aventures sensibles, drôles et rocambolesques
des petits héros de vos enfants !

Pour la très jeune Mérédith
Louis Joos

Pour mon frère Stéphane
Rascal

Sensation

Par les soirs bleus d'été, j'irai dans les sentiers,
Picoté par les blés, fouler l'herbe menue :
Rêveur, j'en sentirai la fraîcheur à mes pieds.
Je laisserai le vent baigner ma tête nue.

Je ne parlerai pas, je ne penserai rien :
Mais l'amour infini me montera dans l'âme,
Et j'irai loin, bien loin, comme un bohémien,
Par la nature, heureux comme avec une femme.

Arthur Rimbaud (mars 1870)

ISBN 978-2-211-22931-9

© 2016, l'école des loisirs, Paris, pour la présente édition
dans la collection « Kilimax »
© 1993, l'école des loisirs, Paris
Loi 49 956 du 16 juillet 1949,
sur les publications destinées à la jeunesse : mars 1993
Dépôt légal : avril 2017
Mise en pages : Architexte, Bruxelles
Photogravure : Photolitho AG, Gossau-Zürich
Imprimé en France par Pollina à Luçon - L79700

Édition spéciale non commercialisée en librairie

Le voyage d'Oregon

Texte de Rascal
illustrations de Louis Joos

Pastel
l'école des loisirs

C'est au Star Circus que nous nous sommes connus,
Oregon et moi. Il passait juste avant mon numéro.
Blotti derrière le rideau rouge,
je perdais mon trac et retrouvais l'enfance.

Mes pitreries terminées, je le raccompagnais
jusqu'à sa cage. Un soir, Oregon m'a parlé.
Comme dans les livres pour enfants…
"Conduis-moi jusqu'à la grande forêt, Duke."

Sur le coup, je n'ai rien pu répondre.

Mais, seul au fond de ma roulotte, j'ai su que sa place
était parmi les siens, au fond d'une belle forêt d'épicéas.
Qui sait ? j'y rencontrerais peut-être Blanche-Neige…

Un dernier tour de piste et nous sommes partis
dans la nuit noire. Sans bagages inutiles et sans clés
qui déforment les poches.

Je n'avais jamais été très fort en géographie, mais
je me doutais que les grandes forêts, celles aux arbres
gorgés de miel et aux rivières comme des viviers,
ne se trouvaient pas à côté de la porte.

Bien des kilomètres plus tard,
Pittsburgh et son ciel de suie étaient oubliés.

Une nuit au Sioux Motel, deux aller simples
pour Chicago et trois cents hamburgers avaient
eu raison de mes économies. Mais peu m'importait.
J'étais heureux de faire ce voyage avec Oregon.

Moi qui, enfant, n'avait pas eu d'ours en peluche…

Dès l'aube, on s'est fait prendre en stop par Spike.
Il descendait jusqu'en Iowa, le garde-manger de l'Amérique.
Cela tombait bien, Oregon était insatiable !

"Pourquoi gardes-tu ce nez rouge et ce masque blanc ?"
m'a demandé Spike. "Tu n'es plus sur la piste d'un cirque."
"Ils me collent à la peau. Ce n'est pas facile d'être nain…"
"Et d'être noir dans le plus grand pays du monde ?"

Nous étions de la même famille… Je n'avais rien à ajouter.

Nous nous sommes quittés au petit matin.
J'avais une promesse à tenir et il me restait
bien des chemins à parcourir.

Les cheveux rouges au vent,
j'ai traversé des tableaux de Van Gogh… En plus beau.

On cheminait sous la grêle.
On festoyait dans les maïs.
On somnolait dans l'herbe tiède.
On rêvait sous les étoiles.
Les oiseaux pour réveille-matin, les rivières
pour salle de bains, le monde entier nous appartenait.
Il me restait deux dollars oubliés au fond de ma musette.
J'en ai fait des ricochets sur la Platte River.

Poussés par le vent des plaines,
nous nous sommes bientôt retrouvés le dos aux Rocheuses,
les chevilles enflées et le pouce pointé vers le ciel.

Voyageur de commerce, starlette de supermarché
et chef indien déplumé se sont succédé jusqu'au crépuscule.
Nous étions à proximité du Cheval de Fer,
mais j'étais bien trop fourbu pour aller plus loin.
Nous avons passé la nuit dans la carcasse d'une Chevrolet
1935… Mon année ! J'étais quand même en meilleur état !

Au saut du lit, nous avons pris le train en marche
pour la dernière ligne droite. Oregon comme oreiller,
je me suis assoupi en regardant défiler les vaches.

Quand j'ai rouvert les yeux, elle était là !
Telle qu'il l'avait rêvée…

Il ne fallut pas cent pas à Oregon
pour oublier toutes ces années de captivité.

Oregon en Oregon ! J'ai tenu ma promesse…

Dans le matin blanc,
je partirai, le cœur léger et la tête libre.